En busca de tesoros

Satomi Ichikawa

En busca de tesoros

Editorial Corimbo

Barcelona

Un día, Nora descubre
en el fondo de una vieja caja roja un extraño dibujo.
«¿Qué es esto?», preguntan Benji, el carnero,
y Susana, la cabra.
«Parece un mapa», dice Nora. «Sí, mirad, indica
el emplazamiento de un castillo.
¡El Castillo del Tesoro Durmiente!».

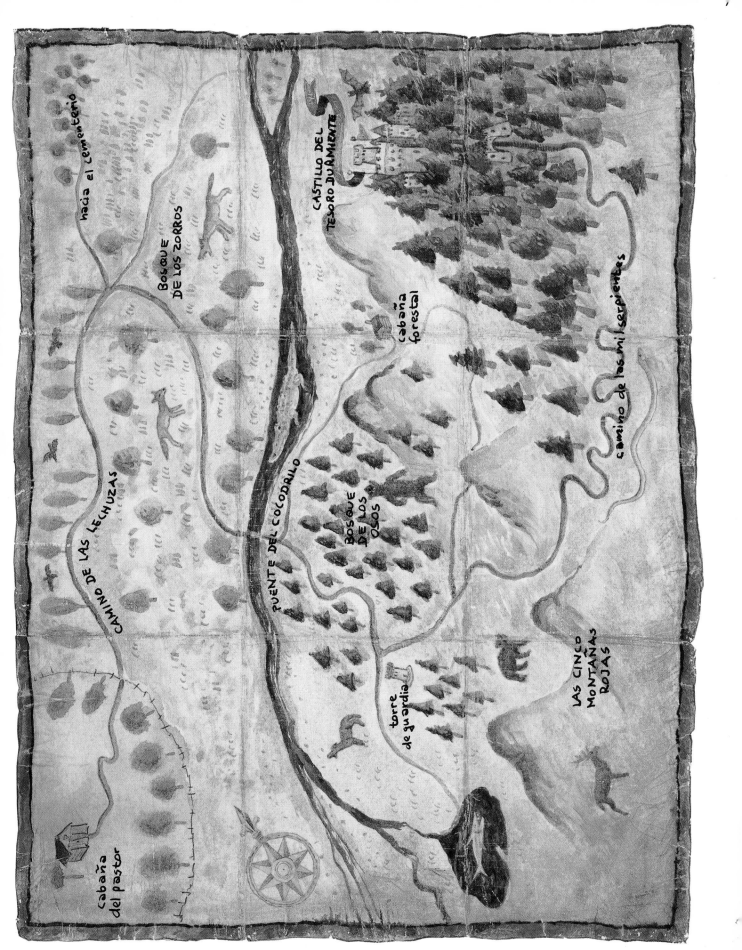

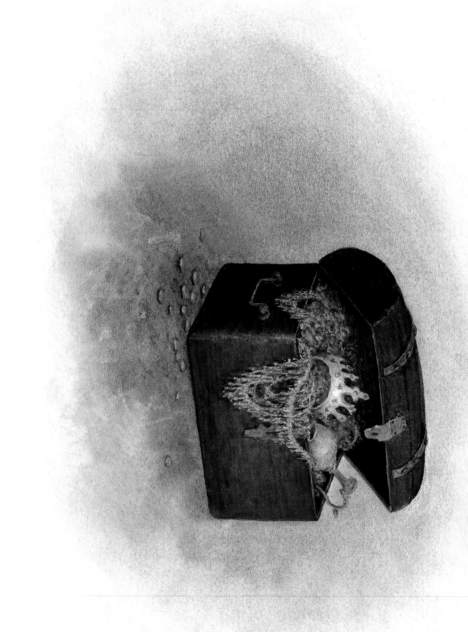

«¿Un castillo?».
«¿Un tesoro?».
«¡Es fabuloso!».
«¡Vayamos en seguida!».

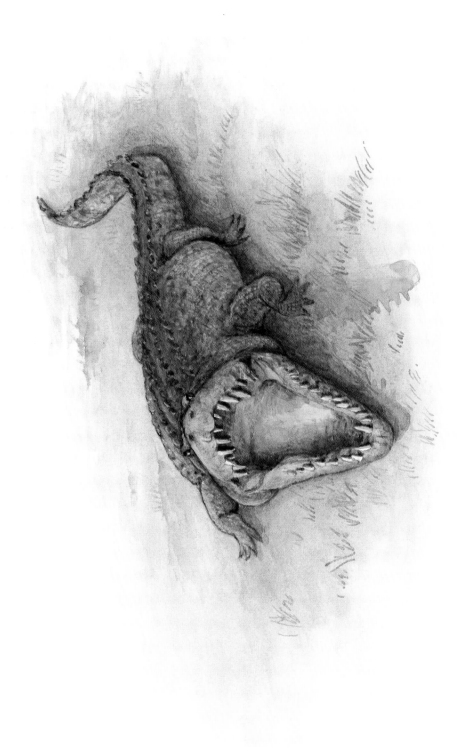

«Pero, cuidado», dice Nora. «Tendremos que ser valientes.
El mapa dice que hay obstáculos, animales feroces, y hasta un cocodrilo.
Si nos cierra el paso, habrá que luchar.
¿ Estáis dispuestos ?».

«Yo sí», dice Benji. «Todos juntos, sabremos defendernos. Si ese cocodrilo nos molesta, le daremos una lección. ¡Y el tesoro, para nosotros!».

«Pero eso de ahí es la selva negra», dice Susana, inquieta. «No va nunca nadie».

«Mejor», dice Nora. «Si no va nadie, eso quiere decir que el tesoro todavía debe de estar ahí».

«Permaneced cerca de mí, ¿vale?», murmura Susana.

«Con tal que no nos encontremos con nadie...».

«Te inquietas por nada, mejor que pienses en el tesoro».

«¡Chitón!», dice Nora. «Tengo la sensación
de que hay animales escondidos detrás de las hojas».

Se apretujan unos contra otros y avanzan en silencio.

Dentro del Bosque de los Zorros, todavía está más oscuro.

«Me pregunto por qué se llama así», dice Benji. «No veo ni un solo zorro».

De repente, Susana lanza un grito: «¡Ahí! ¡Ahí! ¡En el árbol! ¡Un zo... un zo-zo... un zorro!».

«Yo sólo veo un pájaro», dice una de las ocas.

«¡Y además, es pequeñito!».

«Mira, Susana, este trapo viejo
es lo que te ha asustado», dice Nora.

Pero Susana ya está demasiado lejos para oírla.

«Peor para esa miedosa», dice la oca.

«Sólo los valientes tendrán derecho al tesoro».

Ya están en el Puente del Cocodrilo.

«¡Ja! ¡ja! ¡Qué nombre más divertido para un puentecillo de nada!», exclama Benji.

Pero, en la orilla, las dos ocas se han quedado petrificadas.

«¡Está ahí! ¡El co-co-cocodrilo!».

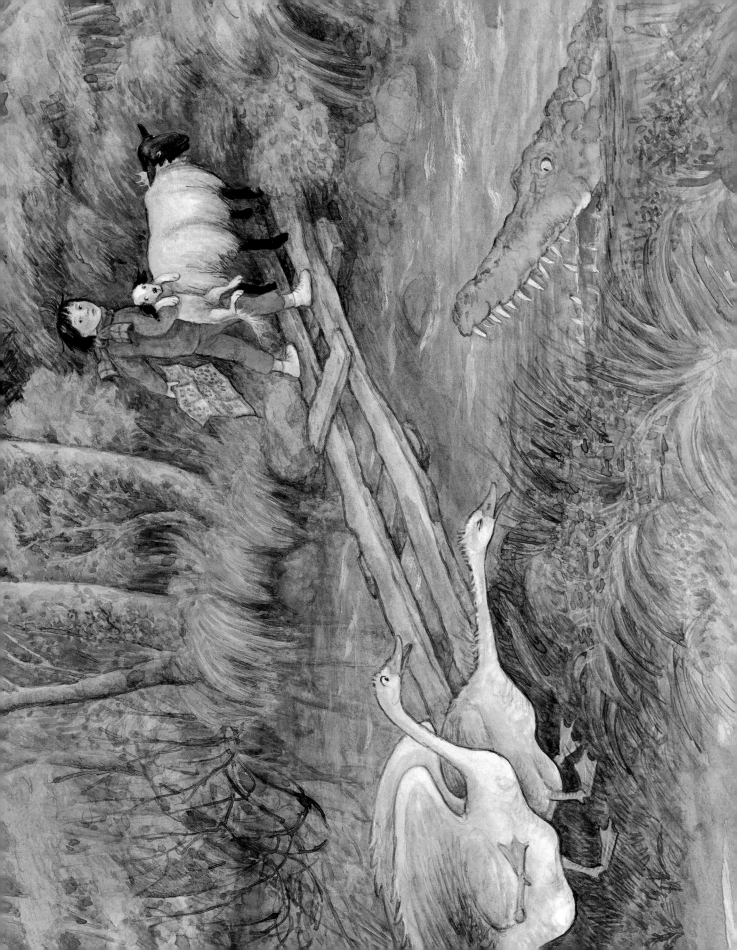

«¡Qué decís, no es más que un tronco viejo cubierto de musgo!».

Pero las dos ocas ya han alzado el vuelo.

«Qué miedosas», dice Benji.

El castillo
ya no debe de estar
muy lejos, ahora.
«¡Ay!», grita Benji
de repente.
«¡Alguien me está
tirando de la pata!».
Nora ya no cree
en todos estos
animales fantasmas.
«Cálmate», dice.
«Son imaginaciones
tuyas. No hay nadie».

«¡Que sí! Este bosque está lleno de monstruos. ¡Tengo miedo!».
«¡Oh, Benji, no te vayas! No es más que una rama rota.
¡Benji, vuelve!».

Benji ha desaparecido. «¿Qué ha pasado con el mapa?», murmura Nora. «No podré regresar si no lo encuentro. ¡Qué oscuro está!». De repente, Nora está muy inquieta. El bosque le parece lleno de animales temibles.

«¿Qué es esa sombra negra de ahí?».

«¡Socorro! ¡Monstruos!».

«¡Que no, Nora, somos nosotros!
¡Hemos vuelto a buscarte!».

«Menos mal que os tengo a vosotros, amigos míos.
¿Sabéis qué?, ¡creo que vosotros sois, mi tesoro!».